D1275289

LOS ESPECIALES

PARA TODOS LOS NIÑOS

Título original: *For every child*
Texto: Adaptación a la Declaración Universal de los Derechos del Niño
Ilustración:
Principio 1: Helme Heine
Principio 2: Tony Ross
Principio 3: Anastasia Archipova
Principio 4: Hannu Taina
Principio 5: Paul Zelinsky
Principio 6: Stepan Zavrel
Principio 7: Ingrid y Dieter Shubert
Principio 8: Michael Foreman
Principio 9: Danièle Bour
Principio 10: Satoshi Kitamura

Apartado Postal 59
Amecameca, Estado de México, MÉXICO
Versión en español: Liliana Santirso
1994 Primera Edición.
ISBN: 968-6465-76-6 (*Rústica*)

Impresión y encuadernación: Editorial Abeja
2,000 Ejemplares

IMPRESO EN MÉXICO/*PRINTED IN MEXICO*

Para Todos los Niños

Declaración Universal de los Derechos del Niño

Adaptación: Liliana Santirso

Ilustración: Colectivo Internacional

C.E.L.T.A. AMAQUEMECAN

1. Todos los niños del mundo somos iguales y tenemos los mismos derechos.

2. Todos los niños deberemos vivir en libertad.
Necesitamos ser respetados y protegidos
para crecer sanos y seguros.

3. Todos los niños tendremos un nombre por el que nos conocerán y un país que será nuestra Patria.

4. Todos los niños merecemos cuidados. Deberemos tener casa, abrigo, alimentos y juegos. También atención médica y medicinas cuando estemos enfermos.

5. Todos los niños, si somos minusválidos, recibiremos cariño y atención especial.

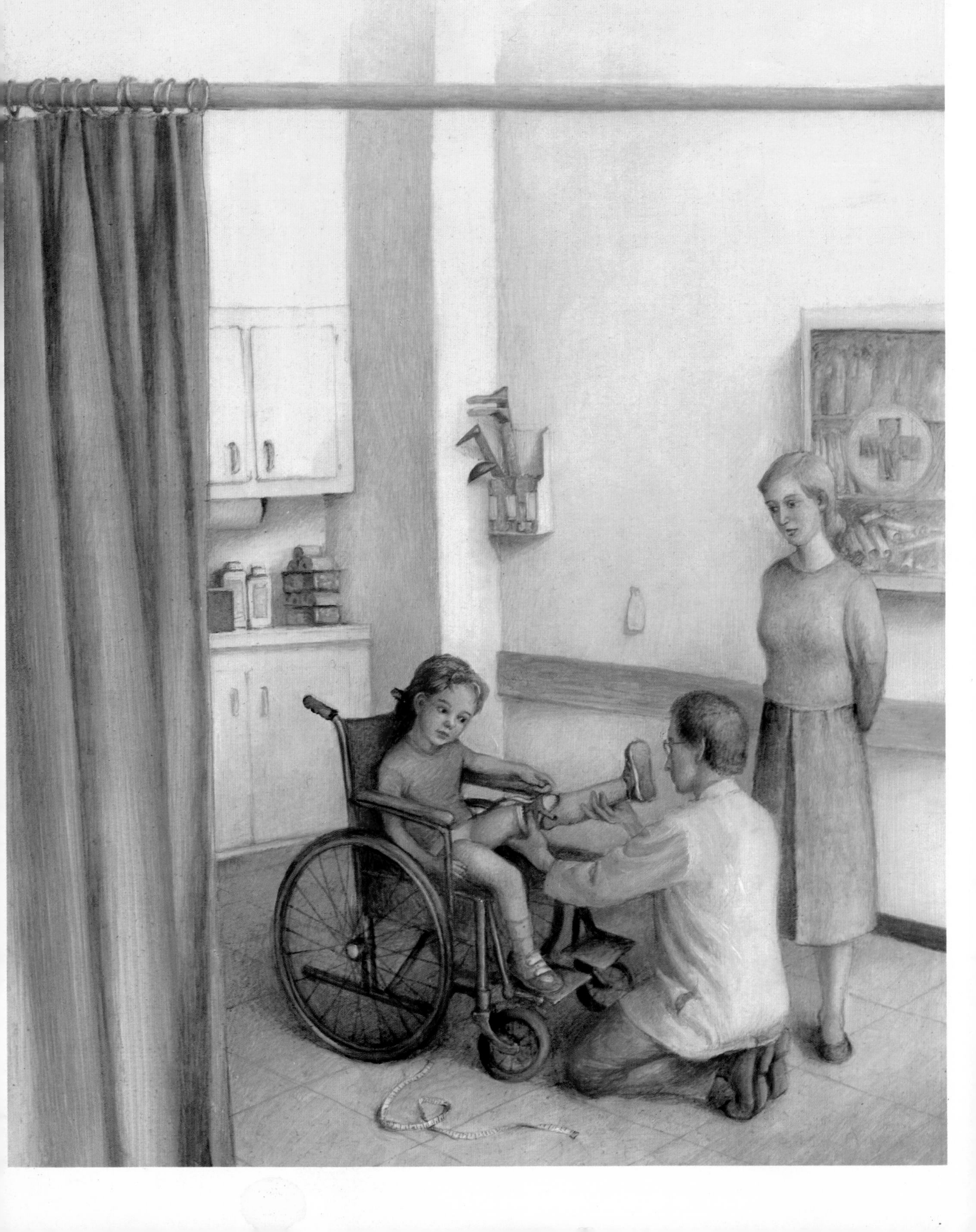

6. Todos los niños necesitamos una familia. Cuando no la tengamos, formaremos un hogar con quienes nos quieran y velen por nosotros.

ŠTĚPÁN ZAVŘEL * 1989

7. Todos los niños recibiremos educación. Asistiremos a la escuela, pero también jugaremos, porque ésa es nuestra forma de entender el mundo.

8. Todos los niños en una situación de peligro seremos los primeros en recibir ayuda.

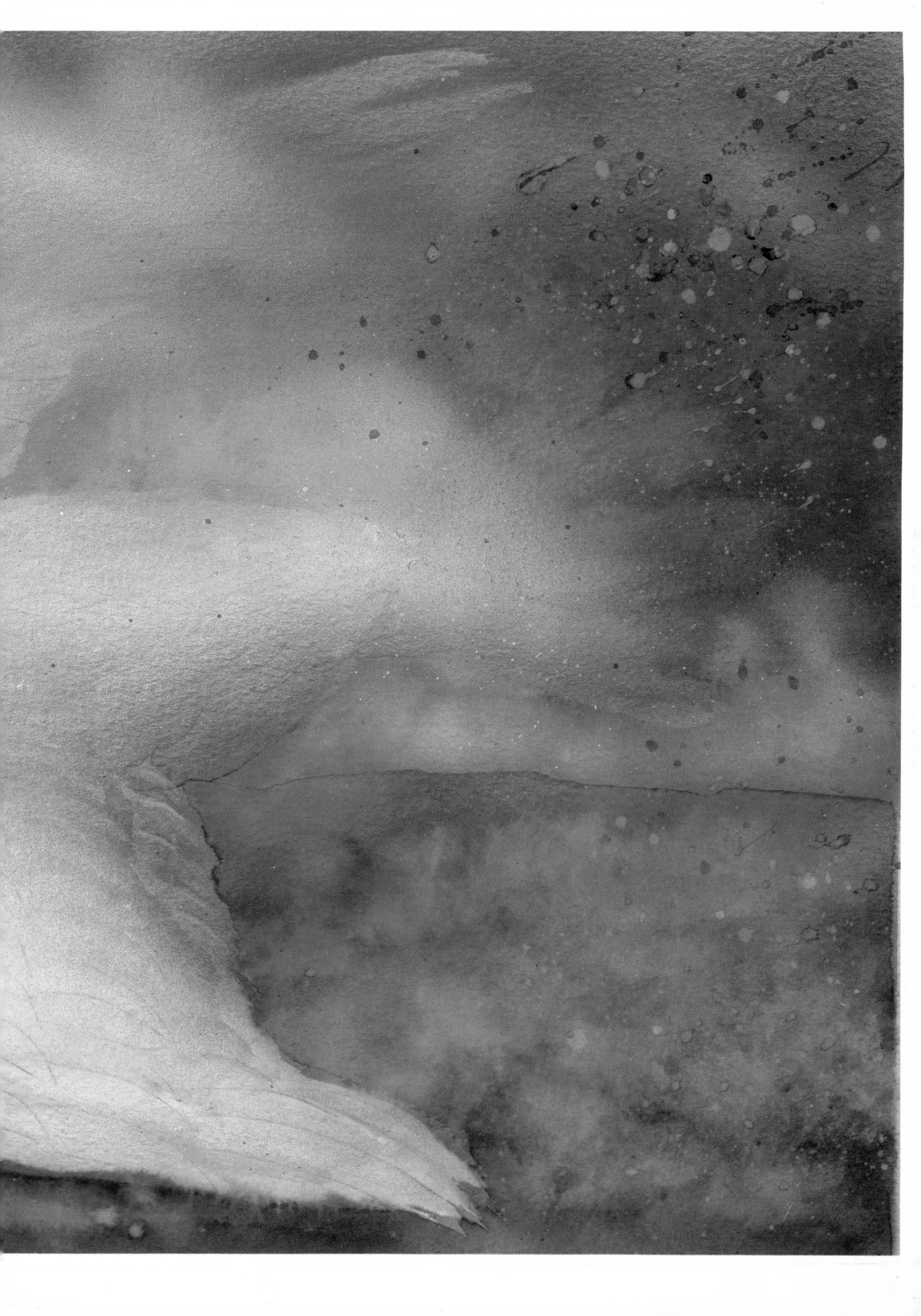

9. Todos los niños tenemos derecho a la felicidad. Ninguno de nosotros puede ser maltratado, atemorizado o explotado, ni fuera ni dentro del hogar.

Daniele Bour

10. Todos los niños deberemos ser tratados como iguales, con amor y comprensión. Así aprenderemos a creer en la amistad y seremos capaces de vivir en paz.

SATOSHI

La Declaración de los Derechos del Niño

PRINCIPIO 1. El niño gozará de todos los derechos expuestos en esta Declaración. Todos los niños, sin ninguna excepción, merecerán estos derechos, sin distinción ni discriminación por motivos de raza, color, sexo, idioma, religión, opinión política o de otra naturaleza, origen nacional o social, propiedad, nacimiento u otro estatus, sean de él mismo o de su familia.

PRINCIPIO 2. El niño gozará de protección especial, y se le darán oportunidades y facilidades, tanto por ley como por otros medios, para permitir y fomentar su desarrollo físico, mental, moral, espiritual y social, de una manera sana y normal y en condiciones de libertad y dignidad. En la creación y aplicación de leyes para este fin, la consideración primordial deberá ser el mejor interés del niño.

PRINCIPIO 3. El niño tendrá derecho, desde el momento de su nacimiento, a tener nombre y nacionalidad.

PRINCIPIO 4. El niño gozará de los beneficios de la seguridad social. Tendrá derecho a crecer y desarrollarse con salud. Para lograr este fin, se le brindarán a él y a su madre cuidados y protección especiales, incluyendo una adecuada atención pre y postnatal. El niño tendrá derecho a nutrición y alojamiento adecuados, como así también a recreación y servicios médicos.

PRINCIPIO 5. El niño que sea minusválido, ya sea física, mental o socialmente, recibirá tratamiento especial, además de la educación y los cuidados que exija su condición particular.

PRINCIPIO 6. El niño, para lograr el desarrollo pleno y armonioso de su personalidad, necesita amor y comprensión. En todos los casos en que sea posible, crecerá bajo el cuidado y la responsabilidad de sus padres, y en todos los casos en una atmósfera de afecto y de seguridad moral y material. Un niño de pocos años no podrá, salvo la existencia de circunstancias excepcionales, ser separado de su madre. La sociedad y la autoridad pública tendrán el deber de brindar cuidados especiales a los niños que no tengan familia y a aquellos que no cuenten con medios adecuados de sostén. Es deseable que el Estado y otros entes brinden asistencia al mantenimiento de los hijos de familias numerosas.

PRINCIPIO 7. El niño tiene el derecho de recibir educación, que será gratuita y obligatoria, por lo menos en sus etapas elementales. Se le dará una educación que fomentará su cultura general, y le permitirá, sobre la base de la igualdad de oportunidades, desarrollar sus habilidades, su juicio individual, y su sentido de responsabilidad moral y social, para transformarse en un miembro útil de la Sociedad. Los mejores intereses del niño constituirán el principio rector para los responsables de su educación y orientación. Esta responsabilidad se encuentra, en primer lugar, con los padres. El niño gozará de todas las oportunidades para el juego y las actividades recreativas, que debieran dirigirse al mismo objetivo que la educación. La sociedad y la autoridad pública se esforzarán por que el niño goce de este derecho.

PRINCIPIO 8. El niño estará, en todas las circunstancias, entre los primeros en recibir protección y ayuda.

PRINCIPIO 9. El niño será protegido contra todas las formas de abandono, crueldad o explotación. No será objeto de tráfico de ningún tipo. El niño no podrá ingresar en ningún tipo de empleo antes de que haya alcanzado una edad mínima adecuada. No se le permitirá en ningún caso el acceso a una ocupación o empleo que pudiera perjudicar su salud, su educación, o que pudiera interferir con su desarrollo físico, mental o moral.

PRINCIPIO 10. El niño será protegido contra prácticas que pudieran conducir a la discriminación racial, religiosa o de cualquier otro tipo. Será educado en un espíritu de tolerancia, comprensión, amistad entre los pueblos, paz y fraternidad universal, con plena conciencia de que su energía y sus talentos deberán ser dedicados al servicio de sus semejantes.